LA MÈRE BONTEMPS

TEXTE par un PAPA

Voila la maison Rongeart, habitée par la Mère Bontemps; cette maison n'est pas bonne, quand il fait mauvais temps

DESSINS DE L. FRŒLICH

BIBLIOTHÈQUE
D'ÉDUCATION et de RÉCRÉATION

J. HETZEL & Cie 18 rue JACOB
PARIS

LA
MÈRE BONTEMPS

BIBLIOTHÈQUE DE MADEMOISELLE LILI

ET DE SON COUSIN LUCIEN

COLLECTION HETZEL

LA MÈRE BONTEMPS

TEXTE PAR UN PAPA

DESSINS DE LORENTZ FRŒLICH

BIBLIOTHÈQUE
D'ÉDUCATION ET DE RÉCRÉATION
J. HETZEL ET Cie, 18, RUE JACOB
PARIS

LA MÈRE BONTEMPS

I

Dame Bontemps, ainsi nommée à cause de sa gaieté, était une pauvre veuve. Elle avait un nez qui faisait la guerre à son menton, une bouche si mince qu'elle semblait se cacher, et de grandes lunettes par-dessus de tout petits yeux gris.

Dame Bontemps avait, pour unique richesse, un rat, un chat, un chien, un serin et une filleule si petite, si petite, qu'on l'avait surnommée Poucette. Cette Poucette avait une mignonne figure ronde et rose comme une pomme d'api, et elle était aussi frétillante qu'une ablette.

A table chacun avait sa place et était servi selon ses goûts.

LA MÈRE BONTEMPS

I

A TABLE CHACUN AVAIT SA PLACE ET ÉTAIT SERVI SELON SES GOÛTS.

II

Poucette avait une jolie voix; le soir, après le dîner, Poucette chantait accompagnée de Jaunet, le serin; le chat et le chien faisaient leur partie chacun à sa manière. La mère Bontemps et le rat écoutaient. C'était en somme un très joli concert.

Jaunet, le serin, et Trottemenu, le rat, faisaient, par extraordinaire, bon ménage avec leurs ennemis naturels, Médor et Minette. Une harmonie touchante régnait dans l'intérieur Bontemps. S'il s'élevait dans la maison quelque bataille, c'était, il faut l'avouer, de la faute de Poucette. Ce n'était pas la première fois qu'on voit les enfants moins raisonnables que les animaux.

LA MÈRE BONTEMPS

II

C'ÉTAIT EN SOMME UN TRÈS JOLI CONCERT.

III

Sauf ces petits incidents, le ménage aurait vécu heureux, si la mère Bontemps n'avait eu pour propriétaire maître Rongeart, un désagréable monsieur qui n'entendait pas raillerie quand il s'agissait d'un terme dû. La mère Bontemps, en consultant le calendrier, s'aperçut qu'elle était à la veille du délai accordé par maître Rongeart.

LA MÈRE BONTEMPS

III

LA MÈRE BONTEMPS, CONSULTANT LE CALENDRIER....

IV

Maître Rongeart. Il avait de gros yeux qui semblaient vouloir s'échapper de sa tête, un nez de ceux que l'on qualifie de pied de marmite, et une bouche fendue jusqu'aux oreilles. Avec cela il était grand, si grand qu'il n'en finissait plus, et gros et gras en proportion.

« Mère Bontemps, je viens chercher mon terme, avait-il dit en arrivant chez sa locataire.

— Maître Rongeart, je n'ai pas d'argent.

— Vous en trouverez, mère Bontemps, ou vous délogerez.

— Il s'agit d'aviser, mes amis, s'écria la mère Bontemps quand M. Rongeart fut parti.

Rentrons chez nous. »

LA MÈRE BONTEMPS

IV

« MAITRE BONGEART, JE N'AI PAS D'ARGENT. »

V

« Que celui d'entre vous qui a une idée pour gagner beaucoup d'argent, la dise, reprit-elle, une fois que tout son monde fut installé en face d'elle, je lui donne la parole. »

Il y eut un instant de silence : Médor remuait la queue comme pour fouetter son intelligence; Minette se passait la patte sur l'oreille comme lorsqu'il doit pleuvoir; Trottemenu avait ses deux moustaches hérissées, et l'air grave d'un diplomate qui médite; le serin faisait couic, couic avec fureur. Poucette se rongeait les ongles et trouvait que cela ne donnait pas assez d'idées.

Tout à coup, après s'être éclairci le gosier par quelques aboiements préliminaires, Médor prit la parole, au grand étonnement de la mère Bontemps, comme vous le pensez, — car ce qu'elle avait dit à ses animaux, bien qu'elle les sût très intelligents, était plutôt par le besoin qu'on a de confier ses peines à quelqu'un, que dans l'espoir d'en obtenir une aide.

« Je ne suis qu'un chien, dit Médor avec douceur, mais je ne suis pas plus sot qu'un autre. J'ai souvent regardé jouer aux dominos, et il me semble que je ne serais pas gêné pour en faire autant. »

LA MÈRE BONTEMPS

V

« JE NE SUIS QU'UN CHIEN, DIT MÉDOR AVEC DOUCEUR,
MAIS JE NE SUIS PAS PLUS SOT QU'UN AUTRE. »

VI

— Dans tous les pays du monde, les chiens qui ont su jouer aux dominos ont été très estimés, s'écria Minette ; moi, outre mon talent pour attraper les souris et les rats.. . »

Ici, Trottemenu fit la grimace.

« Rassure-toi, reprit Minette en le regardant, pour mes amis, mes pattes seront toujours de velours. Je dis donc que, outre le talent qui m'est naturel, je crois que je jouerais très joliment du tambour de basque et que je danserais d'agréable façon aux sons de la voix de Jaunet et de mon tambour. »

LA MÈRE BONTEMPS

VI

« MOI, OUTRE MON TALENT POUR ATTRAPER LES SOURIS ET LES RATS. .. »

VII

Sur ce discours du chat, la mère Bontemps ouvrit la bouche toute grande, tant elle était émerveillée.

« J'avais toujours pensé que je possédais des animaux extraordinaires, s'écria-t-elle, mais jamais, non jamais! je ne les aurais crus capables de parler.

« Et toi, Raton?

-- Maîtresse, répondit Trottemenu, les animaux ont du cœur tout comme les hommes et les femmes. Vous avez partagé avec nous jusqu'à la dernière miette de votre pain; c'est à nous aujourd'hui à vous tirer d'embarras. — Je danserai sur la corde. »

Jaunet, tout en voletant à droite et à gauche suivant son habitude, n'avait pas perdu un mot de ce colloque -- et ayant réfléchi un instant, il se décida à prendre la parole à son tour.

« Bien dit! s'écria-t-il, tandis que Médor et Minette approuvaient de la tête; moi je propose, pour ma part, de deviner la carte qu'aura pensée une des personnes venues pour assister à notre représentation.

LA MÈRE BONTEMPS

VII

« JE DANSERAI SUR LA CORDE. »

VIII

La mère Bontemps a vite pris son parti.

« Çà, mes enfants, dit-elle à ses futurs acteurs, il ne suffit pas d'avoir des talents pour se produire en public; il faut encore que la mine y réponde et les annonce. A toi, Poucette, vu ta qualité de femme, de procéder aux arrangements nécessaires. » Et la petite fille s'est mise tout de suite à l'œuvre. Médor et Minette ont supporté patiemment le peigne et la brosse. Les voilà beaux et lustrés.

Pour Trottemenu, il n'y avait pas lieu de le soumettre à l'opération du peigne. Il l'eût supportée avec insouciance; mais son poil n'en avait pas besoin. La brosse a suffi. Après l'avoir considéré de face et de côté, en avant et en arrière, Poucette a jugé que sa queue — cette queue de rat qu'on connaît — ne faisait pas un bel effet. En conséquence, elle la lui a décorée d'un joli flot de rubans. « Ça va te gêner un peu, lui a-t-elle dit, mon pauvre Trottemenu, mais que veux-tu? il faut souffrir pour être beau. » Trottemenu n'a pas l'air de souffrir le moins du monde, et il lui est assez égal qu'on le trouve beau ou laid. C'est un philosophe.

VIII

TROTTEMENU N'A PAS L'AIR DE SOUFFRIR LE MOINS DU MONDE.

LA MÈRE BONTEMPS

IX

Poucette, en allant chercher son lait, n'a eu besoin que de causer cinq minutes à deux ou trois voisines pour que, avant midi, on sût, dans tout le village, que, à telle heure, telle place, une représentation serait donnée par la merveilleuse, incomparable et même invraisemblable troupe de l'excellente Mme Bontemps. Aussi, dès l'ouverture, la baraque était-elle bondée de spectateurs. Et, lorsque les cinq acteurs défilèrent devant eux à la queue leu leu, il ne faut pas demander s'ils se montrèrent étonnés. On l'eût été à moins.

Médor commença les exercices, coiffé d'un turban fantaisiste et ceinturé comme un commissaire. Gravement il a pris place à l'un des côtés de la table, ayant en face de lui son amie Poucette. Celle-ci, entre eux deux, a étalé le contenu d'une boîte de dominos, et la partie a commencé. « Est-ce qu'il vont jouer sérieusement, ou n'en faire que semblant? » se demande-t-on. Mais on sait bientôt à quoi s'en tenir. « Il est capable de gagner la partie. » se dit-on. Si bien capable qu'il la gagne en effet, à l'ébahissement général et de Poucette elle-même.

Ensuite Trottemenu s'est élancé sur une corde tendue à cet effet et, tout debout, s'est mis à y danser une gigue d'une sûreté et d'une élégance prestigieuses.

Minette, à son tour, est entrée en scène. Un bouquet dans une patte et, de l'autre, jouant avec une écharpe qui l'enveloppe à demi, c'est une danse de caractère qu'elle offre à l'admiration des spectateurs. Cela tient de la valse et du boléro, et c'est surtout original.

LA MÈRE BONTEMPS

X

« IL EST CAPABLE DE GAGNER LA PARTIE. »

X

Au tour de Finot, maintenant.

A la place des dominos, un jeu de cartes a été déposé sur la table, près d'un petit perchoir où lestement est venu s'installer maître Finot. « Mesdames, mesdemoiselles et messieurs, a dit alors la mère Bontemps, vous voyez ici le petit sorcier Finot. Oh! il ne vous jettera pas de sorts; mais il devinera la carte qu'aura pensée toute personne de l'honorable société qui voudra lui accorder sa confiance. » Si ce speech a été accueilli par des Oh! et des Ah! d'incrédulité, inutile de le demander. Mais, à l'épreuve, il a bien fallu se rendre. C'est un valet de cœur qui avait été pensé, et c'est un valet de cœur que Finot, de sa patte droite, a saisi au passage et présenté à sa première consultante.

Finot n'en a pas été quitte pour une seule carte. La moitié des spectateurs ont tenu à s'assurer par eux-mêmes que sa science divinatoire ne pouvait être mise en défaut. Ils en ont été pleinement convaincus. Pas un échec pour le petit sorcier. « C'est incroyable! » disait-on, et tout le monde sera de cet avis. A son tour, Trottemenu a été invité à montrer sa sagacité. « Quel est le plus joli monsieur de la société? » Aussitôt il est allé se percher sur l'épaule d'un sexagénaire au long nez, connu pour ses prétentions à la jeunesse. « Veux-tu bien te sauver, vilaine bête! » disait celui-ci. — Pas si vilain et pas si bête! » répondait-on, au milieu des éclats de rire.

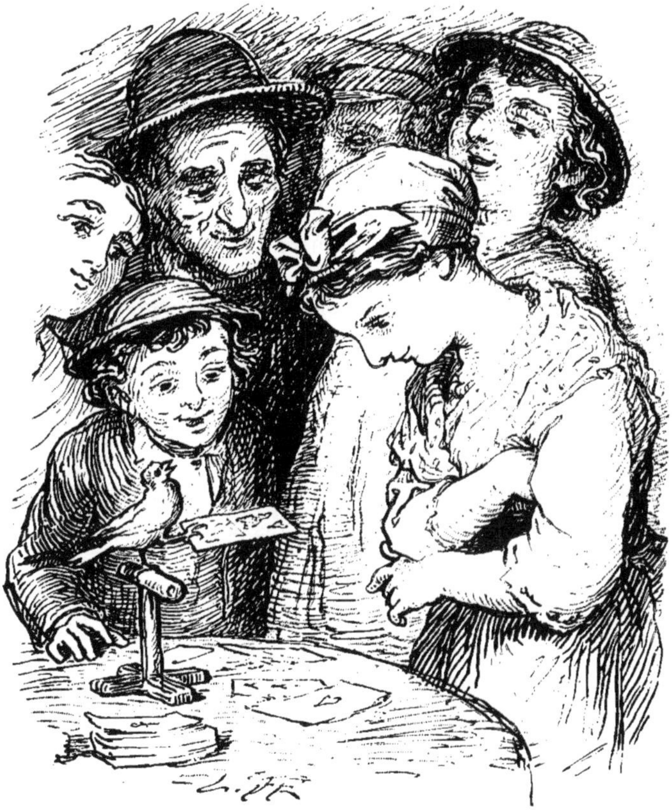

C'EST UN VALET DE CŒUR QUI AVAIT ÉTÉ PENSÉ.

XI

Trottemenu a désigné ensuite la plus jolie demoiselle, la plus respectable dame, le plus brave monsieur, etc.. — de la société toujours. — On est revenu, pour la clôture, aux exercices d'agilité. La mère Bontemps et Poucette tiennent chacune d'un côté, un cerceau à travers lequel doivent sauter successivement tous les acteurs. Médor a sauté le premier, et bien. « A ton tour, Minette, » dit la mère Bontemps. Mais Minette trouve que c'est un peu se moquer d'elle que de lui demander quelque chose de si simple. C'est par-dessus le cerceau qu'elle prétend passer.

La représentation est terminée. Le moment critique est arrivé. Pendant que ses associés soufflent, s'étirent, s'ébattent en diverses façons dans la coulisse, la mère Bontemps procède à la quête. Elle a préféré se fier à la générosité du public et à la satisfaction qu'un spectacle si merveilleux ne pouvait manquer de lui causer. Elle a été bien inspirée. N'ayant rien à débourser d'avance, tout le monde est venu, et maintenant, sous le coup de l'enthousiasme, personne ne s'abstient. Les sous, les patards, et même les petites pièces blanches pleuvent comme grêle dans la sébile de la mère Bontemps.

LA MÈRE BONTEMPS

XI

LES SOUS PLEUVENT DANS LA SÉBILE DE LA MÈRE BONTEMPS.

XII

Les acteurs ont ensuite reparu pour le départ, non plus en file, comme à l'arrivée, mais en paquet, peut-on dire, car c'est le brave Médor qui porte le reste de la troupe sur son dos. Ce qu'on a ri encore et applaudi... Et les propos d'aller leur train. Pour les deux petits devins en particulier l'admiration ne tarit pas. « Bah! dit un malin, tout ça, c'est des trucs. — Des trucs? demande une vieille. — Hé oui, des signes que la directrice envoyait à ses bêtes en cachette de nous. — N'importe, ce n'est pas moins bien étonnant. » — C'est aussi notre avis. Elle a du sens, cette vieille.

LA MÈRE BONTEMPS

XII

MÉDOR PORTE LE RESTE DE LA TROUPE SUR SON DOS.

XIII

Pour remercier l'assistance, la mère Bontemps a ajouté un numéro qui ne se trouvait pas au programme. C'est un feu d'artifice de toute beauté. Personne ne s'attendait à cette surprise, même parmi la troupe des acteurs. Médor et Minette sont les premiers à s'en remettre. Quant à Poucette, Trottemenu et Finot, on ne les voit plus, ils se sont cachés derrière la mère Bontemps, ils ne se montreront que lorsque la poudre aura cessé de parler.

LA MÈRE BONTEMPS

XIII

PERSONNE NE S'ATTENDAIT A CETTE SURPRISE.

XIV

C'est inouï la quantité de monnaie que la mère Bontemps a reçue en mains propres. C'était à croire que tous les sous, gros et petits, du pays s'étaient donné rendez-vous dans la baraque et y avaient multiplié. La mère Bontemps a dû emprunter une brouette. C'était le seul moyen pour transporter cet énorme butin à son domicile. Encore a-t-il fallu que chacun des membres de la troupe en prît sa charge en rapport avec sa taille et ses forces. Jusqu'au serin Finot qui a voulu porter une petite pièce dans son bec. Et l'on a fait route ainsi, au grand ébahissement et à l'envie de tous les mioches de l'endroit.

LA MÈRE BONTEMPS

XIV

LA MÈRE BONTEMPS A DÛ EMPRUNTER UNE BROUETTE

XV

Le convoi est arrivé sans encombre. Ah! ç'a été un beau spectacle après que les convoyeurs eurent vidé brouette et sacoches. Une avalanche, un débordement, un cataclysme!... Et Poucette chantait : « Jamais on n'avait vu — de logis si cossu. » Le père Rongeart peut venir, on a de quoi lui fermer le bec; s'il aime les sous, on lui en fournira. La mère Bontemps a renoncé bien vite à les compter; c'est au poids qu'elle les évalue comme à la Banque les écus. Heureusement elle a pensé à se munir de sacs. Poucette, Médor, Trottemenu, Minette même, travaillent d'arrache-pied à les y reléguer.

LA MÈRE BONTEMPS

XV

LA MÈRE BONTEMPS A RENONCÉ BIEN VITE A LES COMPTER;
C'EST AU POIDS QU'ELLE LES ÉVALUE.

XVI

Les gros sous, et même les petits, ont le triple inconvénient d'être lourds, encombrants et de salir les doigts qui les manient. La mère Bontemps a obtenu de ses fournisseurs l'échange d'une partie de ses gros sous contre de beaux écus sonnants. Ce n'est pas une mince affaire que de mettre en pile et d'aligner d'une façon convenable une pareille fortune. Jamais elle n'en serait venue à bout toute seule. Mais elle a ses aides. Aucun d'eux, si las qu'il soit, ne boude à la besogne.

Ils sont trop contents.

LA MÈRE BONTEMPS

XVI

JAMAIS ELLE N'EN SERAIT VENUE A BOUT TOUTE SEULE.

XVII

Sa finance mise en ordre et casée en lieu sûr, la mère Bontemps, avec toute sa troupe, s'est acheminée vers la demeure de maître Rongeart. Elle l'a trouvé à son bureau, occupé à rédiger des mémoires, des assignations et autres choses semblables. « Que voulez-vous encore? lui a-t-il dit brusquement. — Vous payer ce que je vous dois, monsieur Rongeart... — Ah! ah! très bien. — Et vous remettre la clef de votre immeuble. — Oh! oh!... Vous me quittez?... — Oui; pour n'être plus ennuyée par la question du terme, j'ai acheté une petite maison. — Eh bien, alors, c'était la mienne qu'il fallait acheter... où pouviez-vous être mieux? — Je ne dis pas; mais nous en avons préféré une autre. — Vous êtes une ingrate, mère Bontemps! »

LA MÈRE BONTEMPS

XVII

« VOUS ÊTES UNE INGRATE, MÈRE BONTEMPS! »

XVIII

Tout en riant de la déconvenue de leur ex-propriétaire, qui ne trouvera pas de sitôt à relouer sa cahute, nos amis se sont rendus à leur nouveau domicile. Mais, avant qu'ils y pénètrent, la mère Bontemps a tenu à leur en faire admirer l'extérieur en détail. « Regardez-moi ça ! dit-elle en brandissant une énorme clef; de vrais murs ! un vrai toit ! Une porte qui s'ouvre et qui se ferme ! Et cette fenêtre avec ses vitraux, quel joli jour elle nous donnera ! » Si toute la bande, un peu pressée d'entrer cependant, a fait chorus à son enthousiasme, pas besoin de le demander. Et penser que c'étaient eux qui avaient gagné cette magnifique résidence !. . N'y avait-il pas de quoi être fiers ?

LA MÈRE BONTEMPS

XVIII

« REGARDEZ-MOI ÇA! » DIT-ELLE EN BRANDISSANT UNE ÉNORME CLEF.

XIX

Le déménagement, les tracas et les vicissitudes qui ont précédé ont fait forcément un peu négliger les soins de toilette et d'intérieur. Les meubles ont été plantés au hasard ; Poucette a les cheveux en broussaille et ses mains se sentent des nombreux sous qu'elles ont remués; Médor est passé ours; Minette et Trottemenu sont gris de poussière, et Finot lui-même oublie de lustrer ses plumes. La mère Bontemps pense qu'il est temps d'adopter des arrangements et une tenue mieux en rapport avec la nouvelle situation. C'est par Médor qu'elle inaugure la réforme. Elle le tient et ne le lâchera pas qu'il n'ait subi une tonte générale.

XIX

C'EST PAR MÉDOR QU'ELLE INAUGURE LA RÉFORME.

XX

Le village n'ayant pu lui fournir les objets nécessaires à l'organisation confortable de sa maison, la mère Bontemps s'est décidée à les aller chercher à la ville. C'est un peu loin; mais, avec son bâton à béquille, ça ira. Maintenant elle ne doute plus de rien. Elle s'est donc mise en route, tenant Poucette par la main. Bien entendu, toute la famille est du voyage, sous la garde de Médor, Celui-ci, débarrassé de sa formidable toison, va, la tête haute, l'œil au guet, prêt à faire face à tout danger qui surviendrait. Espérons pourtant que sa vaillance ne sera pas trop mise à l'épreuve.

LA MÈRE BONTEMPS

XX

LA MÈRE BONTEMPS S'EST DONC MISE EN ROUTE.

XXI

Le trajet s'est accompli sans encombre. Mais on juge quels yeux a fait ouvrir dans le magasin de nouveautés l'invasion de cette clientèle extraordinaire. Un étonnement mélangé d'hilarité et aussi d'une certaine méfiance. Sans se troubler, la mère Bontemps a tiré de sa poche un gros sac d'écus, et elle l'a posé devant elle. Rassurés par cette démonstration, marchand et commis se sont empressés d'apporter et d'étaler tout ce qu'elle a demandé. Elle tâte, examine, critique. Poucette, de son côté, étudie les joujoux, poupées et autres. « C'est ça, lui a dit la mère Bontemps, fais ton choix, mignonne, pendant que je fais le mien. »

LA MÈRE BONTEMPS

XXI

MARCHAND ET COMMIS SE SONT EMPRESSÉS.

XXII

Les années ont passé, Poucette est mariée, et elle n'a pas épousé un géant. Elle a voulu un mari qui fût seulement un peu plus grand qu'elle. Elle l'a trouvé. C'est un bon petit homme, rempli d'égards pour la mère Bontemps. Celle-ci est bien vieille, bien cassée; elle ne quitte plus guère son fauteuil, et c'est peut-être la dernière fois qu'elle entendra de petites voix enfantines lui crier et lui recrier en chœur : « Bonne fête, grand'mère! bonne fête! » Le tout avec accompagnement de bouquets, d'embrassades et d'un beau gâteau façonné par Poucette, de telle sorte que l'absence de dents ne le rende pas impossible à déguster. Pauvre mère Bontemps, elle en est là..

LA MÈRE BONTEMPS

XXII

« BONNE FÊTE, GRAND'MÈRE! BONNE FÊTE! »

27525. — Imprimerie Lahure, rue de Fleurus, 9, à Paris.

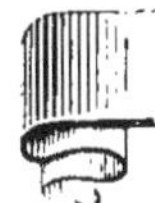

Collection Hetzel

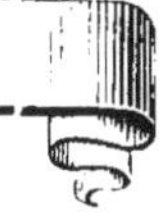

ÉDUCATION

RÉCRÉATION

Enfance — Jeunesse — Famille

500 Ouvrages

JOURNAL DE toute la Famille

COURONNÉ par l'Académie

FONDÉ
par
P.-J. STAHL
en 1864
et

Semaine des Enfants

réunis, dirigés par

Jules Verne — J. Hetzel — J. Macé

La Collection complète

58 beaux volumes in-8 illustrés

Brochés	**406** fr.
Cartonnés dorés	**580** fr.
Volume séparé, broché	**7** fr.
— cartonné doré	**10** fr.

ABONNEMENT
d'un An

Paris	**14** fr.
Départements	**16** fr.
Union	**17** fr.

(Il parait deux volumes par an.)

Principales Œuvres parues

Les Voyages Extraordinaires, par Jules Verne

La Vie de Collège dans tous les Pays, par André Laurie

Les Voyages involontaires, par Lucien Biart

Les Romans d'Aventures, par André Laurie et Rider Haggard

Les Romans de l'Histoire naturelle, par le Dr Candèze

Les Œuvres pour la Jeunesse de Stahl, J. Sandeau, E. Legouvé, V. de Laprade, Jean Macé, Hector Malot, Viollet-le-Duc, S. Blandy, J. Lermont, Th. Bentzon, E. Muller, Dickens, A. Dequet, A. Badin, E. Egger, Gennevraye, B. Vadier, Génin, P. Gouzy.

Nombreuses gravures des meilleurs artistes

Catalogue **G U**

MAGASIN D'ÉDUCATION ET DE RÉCRÉATION

Les Tomes I à XXIV

renferment comme œuvres principales :

L'Ile mystérieuse, Les Aventures du Capitaine Hatteras, Les Enfants du Capitaine Grant, Vingt mille lieues sous les mers, Aventures de trois Russes et de trois Anglais, Le Pays des Fourrures, Michel Strogoff, de JULES VERNE. — La Morale familière (cinquante contes et récits), Les Contes anglais, La Famille Chester, Histoire d'un Ane et de deux jeunes Filles, La Matinée de Lucile, Le Chemin glissant, Une Affaire difficile, L'Odyssée de Pataud et de son chien Fricot, de P.-J. STAHL. — La Roche aux Mouettes, de Jules SANDEAU. — Le nouveau Robinson suisse, de STAHL et MULLER. — Romain Kalbris, d'Hector MALOT. — Histoire d'une Maison, de VIOLLET-LE-DUC. — Les Serviteurs de l'Estomac, Le Géant d'Alsace, L'Anniversaire de Waterloo, Le Gulf-Stream, La Grammaire de mademoiselle Lili, Un Robinson fait au collège, de Jean MACÉ. — Le Denier de la France, La Chasse, Le Travail et la Douleur, A Madame la Reine, Un Premier Symptôme, Sur la Politesse, Un Péché véniel, Diplomatie de deux Mamans, etc., de E. LEGOUVÉ. — Petit Enfant, Petit Oiseau, L'Absent, Rendez-vous! La France, La Sœur aînée, L'Enfant grondé, etc., par Victor DE LAPRADE. — La Jeunesse des Hommes célèbres, de MULLER. — Aventures d'un jeune Naturaliste, Entre Frères et Sœurs, de Lucien BIART. — Le Petit Roi, de S. BLANDY. — L'Ami Kips, de G. ASTON. — Causeries d'Économie pratique, de Maurice BLOCK. — Les Vilaines Bêtes, de BÉNÉDICT. — Vieux Souvenirs, Départ pour la Campagne, Bébé aime le rouge, de Gustave DROZ. — Le Pacha berger, de LABOULAYE. — La Musique au foyer, de P. LACOME. — Histoire d'un Aquarium, Les Clients d'un vieux Poirier, de E. VAN BRUYSSEL. — Histoire de Bébelle, Une Lettre inédite, Septante fois sept, de DICKENS. — Pâquerette, Le Taciturne, etc., de H. FAUQUEZ. — Le petit Tailleur, de A. GENIN. — Curiosités de la vie des Animaux, par P. NOTH. — Notre vieille Maison, de H. HAVARD. — Le Chalet des Sapins, par P. CHAZEL. — Les deux Tortues, Ce qu'on faisait à un bébé quand il tombait, par F. DUPIN DE SAINT-ANDRÉ, etc., etc.

Les petites Sœurs et les petites Mamans, Les Tragédies enfantines, Les Scènes familières, textes de P.-J. STAHL.

Les Tomes XXV à LVI

renferment comme œuvres principales :

JULES VERNE : P'tit Bonhomme, Le Château des Carpathes, Mistress Branican, César Cascabel, Famille sans Nom, Deux Ans de Vacances, Nord contre Sud, Un Billet de Loterie, L'Étoile du Sud, Kéraban-le-Têtu, L'École des Robinsons, La Jangada, La Maison à vapeur, Les Cinq cents millions de la Bégum, Hector Servadac. — J. VERNE et A. LAURIE : L'Épave du Cynthia. — P.-J. STAHL : Maroussia, Les Quatre Filles du docteur Marsch, Le Paradis de M. Toto, La Première Cause de l'avocat Juliette, Un Pot de crème pour deux, La Poupée de Mlle Lili. — STAHL et LERMONT : Jack et Jane, La petite Rose. — L. BIART : Monsieur Pinson, Deux enfants dans un parc. — E. LEGOUVÉ, *de l'Académie :* Leçons de lecture, Une élève de seize ans, etc. — V. DE LAPRADE, *de l'Académie :* Le Livre d'un Père. — A. DEQUET : Mon Oncle et ma Tante. — A. BADIN : Jean Casteyras. — E. EGGER, *de l'Institut :* Histoire du Livre. — J. MACÉ : La France avant les Francs. — CH. DICKENS : L'Embranchement de Mugby. — A. LAURIE : Le Rubis du grand Lama, Axel Ebersen (Le Gradué d'Upsala), Mémoires d'un Collégien russe, Le Bachelier de Séville, Une Année de collège à Paris, Scènes de la vie de collège en Angleterre, Mémoires d'un Collégien, L'Héritier de Robinson, De New-York à Brest en 7 heures, Le Secret du Mage. — P. CHAZEL : Riquette. — Dr CANDÈZE : La Gileppe, Aventures d'un Grillon, Périnette. — C. LEMONNIER : Bébés et Joujoux. — HENRY FAUQUEZ : Souvenirs d'une Pensionnaire. — J. LERMONT : Kitty et Bo, L'Aînée, Les jeunes Filles de Quinnebasset. — F. DUPIN DE SAINT-ANDRÉ : Histoire d'une bande de Canards, La Vieille Casquette, etc., etc. — TH. BENTZON : Geneviève Delmas, Contes de tous les Pays. — BÉNÉDICT : Le Noël des petits Ramoneurs, Les charmantes Bêtes, etc. — A. GENIN : Marco et Tonino, Deux Pigeons de Saint-Marc. — E. DIENY : La Patrie avant tout. — C. LEMAIRE : Le Livre de Trotty. — G. NICOLE : Le Chibouk du Pacha, etc. — GENNEVRAYE : Marchand d'Allumettes, Théâtre de Famille, La petite Louisette. — BERTIN : Voyage au Pays des Défauts, Les deux côtés du Mur, Les Douze. — P. PERRAULT : Pas-Pressé, Les Lunettes de Grand'Maman, Les Exploits de Mario. — B. VADIER : Histoire d'une poupée, Blanchette, Comédies et Proverbes. — I.-A. REY : Les Travailleurs microscopiques. — S. BLANDY : L'Oncle Philibert. — RIDER HAGGARD : Découverte des Mines de Salomon. — GOUZY : Voyage au Pays des Étoiles, Promenade d'une Fillette autour d'un Laboratoire. — BRUNET : Les Jeunes Aventuriers de la Floride. — ANCEAUX : Blanchette et Capitaine. — ANDRÉ VALDÈS : Le Roi des Pampas. RAMBAUD : L'Anneau de César. — Une grande Journée, Plaisirs d'hiver, Pierre et Paul, La Chasse, Les petits Bergers, Mademoiselle Lili à Paris, Les Frères de Mademoiselle Lili, La Mère Bontemps, Papa en Voyage, par UN PAPA.

Illustrations par ATALAYA, BAYARD, BENETT, BECKER, CHAM, GEOFFROY, L. FRŒLICH, FROMENT, LAMBERT, LALAUZE, LIX, ADRIEN MARIE, MEISSONIER, DE NEUVILLE, PHILIPPOTEAUX, RIOU, G. ROUX, TH. SCHULER, etc., etc.

N. B. — La plus grande partie de ces œuvres ont été couronnées par l'Académie française

CHAQUE VOLUME SE VEND SÉPARÉMENT

Prix : broché, **7** fr. ; cartonné toile, tranches dorées, **10** fr. ; relié, tranches dorées, **12** fr.

LES NOUVEAUTÉS POUR 1893-1894 SONT INDIQUÉES PAR UNE †
Les ouvrages précédés d'une double palme ont été couronnés par l'Académie

(1er Age)

ALBUMS STAHL IN-8° ILLUSTRÉS

Les Albums Stahl

Il y a des lecteurs qui ne sont pas hommes encore et à qui il faut des lectures et des images pour leurs premières curiosités. Ce public innombrable et frêle n'a pas été oublié. Les *Albums Stahl* leur donnent de piquants ou de jolis dessins accompagnés d'un texte naïf. La naïveté est celle qu'un ingénieux esprit, comme Stahl, peut offrir. Elle a ses malices légères et sa gaieté tendre. Les dessins ont de la fantaisie dans la vérité. Bégayements heureux, rires argentins, ce sont là les effets que produisent ces albums caressants. Il y a beaucoup de gros livres et de travaux ambitieux qui n'ont pas la même utilité.

GUSTAVE FRÉDÉRIX. (*Indépendance Belge.*)

FRŒLICH

† La mère Bontemps.
† Papa en voyage.
Une grande journée de Mlle Lili.
Mlle Lili aux Champs-Élysées.
Mlle Lili à Paris.
Jujules le Chasseur.
Les petits Bergers.
Pierre et Paul.
La Poupée de Mlle Lili.
La Journée de M. Jujules.
L'A perdu de Mlle Babet.
Alphabet de Mlle Lili.
Arithmétique de Mlle Lili.
Cerf-Agile.
La Fête de Mlle Lili.
Journée de Mlle Lili.
La Grammaire de Mlle Lili. (J. MACÉ.)
Les Caprices de Manette.
Les Jumeaux.
Un drôle de Chien.
La Fête de Papa.
Le premier Chien et le premier Pantalon.
Le petit Diable.
M. Jujules à l'école.

L. BECKER . . . . L'Alphabet des Oiseaux.
— . . . . L'Alphabet des Insectes.
DETAILLE . . . . Les bonnes Idées de Mademoiselle Rose.
FATH . . . . Le Docteur Bilboquet.
— . . . . Gribouille. — Jocrisse et sa Sœur.
— . . . . Les Méfaits de Polichinelle. — Pierrot à l'École.
— . . . . La Famille Gringalet.
FROMENT. . . . . Petites Tragédies enfantines.
— . . . . Nouvelles petites Tragédies enfantines.
— . . . . Le petit Acrobate.
— . . . . La Boîte au lait.
— . . . . Le petit Escamoteur.
— . . . . Scènes familières.
— . . . . Nouvelles scènes familières.
GEOFFROY . . . . Le Paradis de M. Toto. — 1re Cause de l'avocat Juliette.
— . . . . L'Age de l'École.
— . . . . Proverbes en action.
GRISET . . . . La Découverte de Londres.
JUNDT . . . . L'École buissonnière.
LALAUZE. . . . . Le Rosier du petit Frère.
LAMBERT. . . . . Chiens et Chats.
MARIE (A.). . . . . Le petit Tyran.
MATTHIS. . . . . Les deux Sœurs.
MEAULLE . . . . Petits Robinsons de Fontainebleau.
PIRODON. . . . . Histoire de Bob aîné.
SCHULER (TH.). . . . . Les Travaux d'Alsa.
VALTON. . . . . Mon petit Frère.

ALBUMS STAHL ILLUSTRÉS gr. in-8°

FRŒLICH

Petites Sœurs et petites Mamans.
Voyage de Mlle Lili autour du monde.
Voyage de découvertes de Mlle Lili.
La Révolte punie.

CHAM. . . . . Odyssée de Pataud.
FROMENT. . . . . La Chasse au volant.
GRISET (E.). . . . . Aventures de trois vieux Marins. — Pierre le Cruel.
SCHULER (T.). . . . . Le premier Livre des petits Enfants.

1er *Age*

ALBUMS STAHL en COULEURS, IN-4°

L. FRŒLICH

Chansons & Rondes de l'Enfance

Les Frères de Mlle Lili. — Sur le Pont d'Avignon. — La Tour, prends garde. — La Marmotte en vie. — La Boulangère a des écus.
La Mère Michel. — Giroflé-Girofla. — Il était une Bergère. — M. de La Palisse. — Au Clair de la Lune.
Cadet-Roussel. — Le bon Roi Dagobert. — Compère Guilleri. — Malbrough s'en va-t-en guerre. — Nous n'irons plus au bois.

L. FRŒLICH

M. César. — Le Cirque à la maison. — Pommier de Robert. — La Revanche de François.

BECKER. . . . . Une drôle d'École.
CASELLA. . . . . Les Chagrins de Dick.
FROMENT. . . . . Tambour et Trompette.
GEOFFROY . . . . Monsieur de Crac. — Don Quichotte. — Gulliver.
— . . . . L'Ane gris. — Le pauvre Ane.
JAZET. . . . . L'Apprentissage du Soldat.
KURNER. . . . . Une Maison inhabitable.
DE LUCHT . . . . L'Homme à la Flûte.— Les 3 montures de John Cabriole.
— . . . . La Leçon d'Équitation.— La Pêche au Tigre.
— . . . . Les Animaux domestiques.
— . . . . Robinson Crusoé.
MATTHIS. . . . . Métamorphoses du Papillon.
MERY . . . . † Autour d'un Cerisier.
TINANT . . . . Du haut en bas. — Un Voyage dans la neige.
— . . . . Une Chasse extraordinaire. — La Revanche de Cassandre.
— . . . . Les Pêcheurs ennemis. — La Guerre sur les Toits.
— . . . . Machin et Chose.
— . . . . Le Berger ramoneur.
TROJELLI. . . . . Alphabet musical de Mlle Lili.

1er *et* 2me *Ages*

PETITE BIBLIOTHÈQUE BLANCHE

Volumes gr. in-16 colombier, illustrés

ALDRICH (Traduction Bentzon) . . † Un écolier américain.
AUSTIN . . . . Boulotte.
BENTZON . . . . Yette.
BERTIN (M.). . . . . Les Douze. — Voyage au Pays des défauts.
— . . . . Les deux côtés du Mur.
BIGNON. . . . . Un singulier petit Homme.
DE CHERVILLE (M.). . . . . . Histoire d'un trop bon Chien.
DICKENS (CH.) . . . . L'Embranchement de Mugby.
DIENY (F.) . . . . La Patrie avant tout.
DUMAS (A.). . . . . La Bouillie de la comtesse Berthe.
DURAND (H.) . . . . Histoire d'une bonne aiguille.
FEUILLET (O.). . . . . La Vie de Polichinelle.
GENIN (M.). . . . . Un petit Héros.
— . . . . Les Grottes de Plémont. — Pain d'épice.
GENNEVRAYE. . . . . Petit Théâtre de Famille.
LA BÉDOLLIÈRE (DE) . . . . . Histoire de la Mère Michel et de son chat.
LEMAIRE-CRETIN . . . . Le Livre de Trotty.
LEMONNIER (C.) . . . . Bébés et Joujoux.— Hist. de huit Bêtes et d'une Poupée.
— . . . . Les Joujoux parlants.
LERMONT (J.). . . . . Mes Frères et moi.
LOCKROY (S.). . . . . Les Fées de la Famille.
MAYNE-REID . . . . Les Exploits des jeunes Boërs.
MULLER (E.). . . . . Récits enfantins.
MUSSET (P. DE) . . . . Monsieur le Vent et Madame la Pluie.
NODIER (CHARLES). . . . . . Trésor des Fèves et Fleur des Pois.
OURLIAC (E.) . . . . Le Prince Coqueluche.
PERRAULT (P.). . . . . Les Lunettes de Grand'Maman.
— . . . . Les Exploits de Mario.
SAND (GEORGE) . . . . Le Véritable Gribouille.
SPARK. . . . . Fabliaux et Paraboles.
STAHL (P.-J.) . . . . Les Aventures de Tom Pouce.
— . . . . † Le Sultan de Tanguik.
STAHL ET WILLIAM HUGHES. Contes de la Tante Judith.
VERNE (JULES) . . . . Un Hivernage dans les glaces.

Bibliothèque d'Éducation et de Récréation

Quels souvenirs agréables et charmants ce titre général ne rappelle-t-il pas aux hommes jeunes d'aujourd'hui, à ceux qui entraient dans la vie au moment même où une révolution complète s'opérait, en leur faveur, dans la littérature! Car il n'y a pas beaucoup plus de vingt ans que les jeunes gens lisent, c'est-à-dire qu'ils ont des livres conçus pour eux, écrits pour eux, et dont le succès est tel qu'on n'aurait pas osé l'attendre.

« C'est une innovation que l'introduction de la lecture dans les plaisirs de la jeunesse. Elle date presque d'hier : mettons vingt ans, c'est tout le bout du monde. Pendant ces vingt années, l'éditeur Hetzel a su publier 300 volumes de premier ordre.

« Le titre trouvé par l'éditeur constitue à lui seul un programme : ÉDUCATION et RÉCRÉATION. Et, en effet, tout est là. Ces beaux et bons livres instruisent et ils amusent. »

VOLUMES IN-8° CAVALIER, ILLUSTRÉS

ANCEAUX	Blanchette et Capitaine.
BENTZON (TH.)	Pierre Casse-Cou.
BERR DE TURIQUE	La Petite chanteuse.
BIART (L.)	Voyage de deux Enfants dans un parc.
—	Entre Frères et Sœurs. — Deux Amis.
—	Monsieur Pinson.
BUSNACH (W.)	Le Petit Gosse.
CAUVAIN	Le Grand Vaincu (Le Marquis de Montcalm).
CHAZEL (PROSPER)	Le Chalet des sapins.
DEQUET	Histoire de mon Oncle et de ma Tante.
DUMAS (ALEXANDRE)	Histoire d'un Casse-noisette.
ERCKMANN-CHATRIAN	Pour les Enfants. — Les Vieux de la Vieille.
FATH (G.)	Un drôle de Voyage.
GENNEVRAYE	† Un Château où l'on s'amuse.
—	Théâtre de famille.
—	La Petite Louisette.
GOUZY	Voyage d'une Fillette au pays des Étoiles.
—	Promenade d'une Fillette autour d'un laboratoire.
LEMAIRE-CRETIN	Expériences de la petite Madeleine.
LERMONT	L'Aînée. — Histoire de deux Bébés (Kitty et Bo).
—	Un heureux Malheur.
—	Les Jeunes filles de Quinnebasset.

MAYNE-REID — *Œuvres choisies.*

Désert d'eau. — Deux Filles du Squatter. — Chef au Bracelet d'or — Exploits des jeunes Boërs. Petit Loup de mer. — Naufragés de l'île de Bornéo. — Robinsons de terre ferme. Sœur perdue. — William le Mousse.

Mayne-Reid est un Cooper plus accessible à tous, aux jeunes gens en particulier. Scrupuleusement moral, d'une imagination riche et curieuse, mettant en scène quelque simple récit, autour duquel il groupe des incidents romanesques, et cependant possibles, il promène son lecteur au milieu des forêts vierges, parmi les tribus sauvages, et exalte le courage individuel aux prises avec les difficultés et les nécessités de la vie. CLARETIE.

MULLER	La Jeunesse des Hommes célèbres.
NERAUD	La Botanique de ma Fille.
PERRAULT (P.)	Pas-Pressé.
RECLUS (E.)	Histoire d'une Montagne. — Histoire d'un Ruisseau.
SAINTINE	Picciola.
STAHL (P.-J.)	La famille Chester. — Mon premier Voyage en mer.
STAHL ET LERMONT	La Petite Rose, ses six Tantes et ses sept Cousins.
VADIER (B.)	Blanchette.
—	† Rose et Rosette.
VALLERY-RADOT (R.)	Journal d'un Volontaire d'un an.
VAN BRUYSSEL	Scènes de la Vie des Champs et des Forêts aux États-Unis.
VIOLLET-LE-DUC	Histoire d'une Maison.

VOLUMES IN-8° RAISIN, ILLUSTRÉS

BADIN (A.)	Jean Casteyras (Aventures de trois Enfants en Algérie).
BARBIER JULES	† Contes blancs.
BENEDICT	La Madone de Guido Reni.
BENTZON (TH.)	Contes de tous les pays.
—	† Geneviève Delmas.
BLANDY (S.)	Fils de veuve. — L'Oncle Philibert.
BOISSONNAS (B.)	Une Famille pendant la guerre.
BREHAT (A. DE)	Les Aventures d'un petit Parisien.
BRUNET	Les Jeunes Aventuriers de la Floride.

Volumes in-8° illustrés (SUITE)

Contes et Romans de l'Histoire naturelle

Dr CANDÈZE { Aventures d'un Grillon.
Périnette (Histoire surprenante de cinq moineaux).

Aventures d'un Grillon. — « Cette biographie d'un insecte obscur cache, sous une fine allégorie, non seulement un petit traité de morale familière, mais encore des notions d'entomologie très précises et très sûres. L'auteur, M. Ernest Candèze, est un écrivain déjà connu des lecteurs de la *Revue Scientifique*, et ses qualités littéraires ne nuisent pas, bien au contraire, à l'autorité de son enseignement.

« C'est une philosophie ingénieuse que celle qui cherche dans l'étude du plus petit des mondes, du monde des insectes, des leçons applicables à l'univers entier. C'est merveille de voir comment même les petits côtés de la science gagnent à être traités par des écrivains littéraires, quand ils ont su se munir au préalable d'un savoir sérieux et éprouvé. »

(*Revue Scientifique.*)

DAUDET (ALPHONSE) . . . . . Histoire d'un Enfant.
— . . . . Contes choisis.
DESNOYERS (L.) . . . . Aventures de Jean-Paul Choppart.
DUBOIS (FÉLIX) . . . . † La Vie au Continent noir.
DUPIN DE SAINT-ANDRÉ . . . Ce qu'on dit à la maison.
FAUQUEZ (H.) . . . . Les Adoptés du Boisvallon.
GENNEVRAYE . . . . ✿ Marchand d'Allumettes.
HUGO (VICTOR) . . . . Le Livre des Mères.
LAPRADE (V. DE) . . . . Le Livre d'un Père.

La vie de Collège dans tous les Pays

ANDRÉ LAURIE

Mémoires d'un Collégien. (Un Lycée de département.)
Une Année de Collège à Paris.
Mémoires d'un Collégien russe.
La Vie de Collège en Angleterre.
Un Écolier hanovrien.
Tito le Florentin.
Autour d'un Lycée japonais.
Le Bachelier de Séville.
Axel Ebersen. (Le Gradué d'Upsala.)

M. FRANCISQUE SARCEY a consacré à chacun des livres qui composent cette série une étude spéciale.

« Notre ami Hetzel, écrivait-il au mois de décembre 1885, a commencé une collection bien curieuse et dont le titre générique suffit à indiquer l'intérêt. Chaque année, il paraît un volume qui nous transporte dans un pays différent. Il y a quatre ans, nous étions en France; l'année suivante, on nous a menés en Angleterre; l'an d'après, en Allemagne. L'ensemble des volumes dont cette série doit se composer formera une étude assez complète des divers systèmes d'éducation suivis par chaque nation.

« Tous ces volumes partent de la même main; ils sont de M. André Laurie, qui me paraît être un universitaire fort au courant des questions pédagogiques, et qui n'en est pas moins un conteur agréable et un écrivain élégant. C'est chaque année un régal attendu par moi de recevoir et de déguster son volume. »

FRANCISQUE SARCEY.

LES ROMANS D'AVENTURES

ANDRÉ LAURIE . . . . Le Capitaine Trafalgar.
— . . . . De New-York à Brest en sept heures.
— . . . . Le Secret du Mage.
— . . . . Le Rubis du Grand Lama.
J. VERNE ET A. LAURIE . . . . L'Épave du Cynthia.
RIDER-HAGGARD . . . . Découverte des Mines du roi Salomon.
STEVENSON ET A. LAURIE . . L'Ile au Trésor.

A PROPOS de l'*Épave du Cynthia*, M. Ulbach écrivait les lignes suivantes :

« La collaboration de MM. Jules Verne et André Laurie ne pouvait être que féconde. La science de l'un, l'observation de l'autre, les qualités littéraires des deux collaborateurs font de ce livre un des plus émouvants de la collection nouvelle. »

Volumes in-8° illustrés (SUITE)

« Il y a peu de livres plus nourris de faits, plus substantiels, et d'un intérêt mieux soutenu que l'*Épave du Cynthia*, » a écrit M. Dancourt dans la *Gazette de France*.

« Plus sombre, plus terrible est l'*Ile au Trésor*, roman popularisé en Angleterre par des milliers d'éditions, et dont la maison Hetzel s'est assuré le droit de traduction exclusif. On raconte que M. Gladstone, le grand homme d'État, rentrant chez lui, après une séance agitée, trouva, par hasard, sous sa main, l'*Ile au Trésor*, de Stevenson. Il en parcourut les premières pages, et il ne quitta plus le livre qu'il ne l'eût achevé. C'est que ces premières pages sont un chef-d'œuvre d'exposition mystérieuse, d'attractions captivantes... »

LEGOUVÉ (E.) . . . . Nos Filles et nos Fils.
— . . . . La Lecture en famille.
— . . . . Une Élève de seize ans.
— . . . . Épis et Bluets.
MACÉ (JEAN) . . . . Contes du Petit-Château.
— . . . . Histoire d'une Bouchée de Pain.
— . . . . Histoire de deux Marchands de pommes.
— . . . . Les Serviteurs de l'estomac.
— . . . . Théâtre du Petit-Château.
MALOT (HECTOR). . . . . Romain Kalbris.
RATISBONNE (LOUIS) . . . . . ✿ La Comédie enfantine.
SANDEAU (J.). . . . . La Roche aux Mouettes. — ✿ Madeleine.
— . . . . Mademoiselle de la Seiglière.
— . . . . La petite fée du village.
SAUVAGE (E.) . . . . La petite Bohémienne.
SÉGUR (COMTE DE). . . . . . . Fables.
ULBACH (L.). . . . . Le Parrain de Cendrillon.
VALDÈS (ANDRÉ). . . . . † Le Roi des Pampas.

ŒUVRES de P.-J. STAHL

✿ Contes et Récits de Morale familière.— Les Histoires de mon Parrain.— ✿ Histoire d'un Ane et de deux jeunes Filles.— ✿ Maroussia. — ✿ Les Patins d'argent.— Les Quatre Filles du docteur Marsch. — ✿ Les Quatre Peurs de notre Général. Les Contes de l'Oncle Jacques.

STAHL a voulu enseigner familièrement la morale, la mettre en action pour tous les âges. De chacun des livres de Stahl se dégage une morale présentée avec toute la séduction et cette forme spirituelle qui donne à la fiction les apparences de la réalité. Peu d'hommes ont plus et mieux fait pour la jeunesse, qui lui doit sa libération littéraire.

Ch. CANIVET. (*Le Soleil.*)

STAHL ET LERMONT . . . . . . Jack et Jane.
TOLSTOI (COMTE L.) . . . . . . Enfance et Adolescence.
VERNE (JULES) ET D'ENNERY. Les Voyages au Théâtre.
VIOLLET-LE-DUC . . . . Histoire d'une Maison.
— . . . . Histoire d'une Forteresse.
— . . . . Histoire de l'Habitation humaine.
— . . . . Histoire d'un Hôtel de Ville et d'une Cathédrale.
— . . . . Histoire d'un Dessinateur.

Volumes grand in-8° jésus, illustrés

BIART (L.) . . . . Aventures d'un jeune Naturaliste.
— . . . . Don Quichotte (*adaptation pour la jeunesse*).
— . . . . Les Voyages involontaires (*Monsieur Pinson. Le Secret de José, La Frontière indienne, Lucia Avila*).
BLANDY (S.). . . . . Les Épreuves de Norbert.
CLÉMENT (CH.). . . . . Michel-Ange, Raphaël, Léonard de Vinci.
GRANDVILLE . . . . Les Animaux peints par eux-mêmes.
GRIMARD (E.). . . . . Le Jardin d'Acclimatation.
LA FONTAINE . . . . Fables, illustrées par EUG. LAMBERT.
LAURIE (A.). . . . . Les Exilés de la Terre.
MALOT (HECTOR) . . . . ✿ Sans Famille.
MAYNE-REID. . . . . Aventures de Terre et de Mer.
MOLIÈRE. . . . . Édition SAINTE-BEUVE et TONY JOHANNOT.
STAHL ET MULLER. . . . . Nouveau Robinson suisse.

Jules Verne

VOYAGES EXTRAORDINAIRES

40 VOLUMES IN-8° JÉSUS, ILLUSTRÉS

† P'tit Bonhomme.
Claudius Bombarnac.
Le Château des Carpathes.
Mistress Branican.
César Cascabel
Famille sans Nom.
Sans dessus dessous.
Deux ans de Vacances.
Nord contre Sud.
Un Billet de Loterie.
Autour de la Lune.
Aventures de trois Russes et de trois Anglais.
Aventures du capitaine Hatteras.
Un Capitaine de quinze ans.
Le Chancellor.
Cinq Semaines en ballon.
Les Cinq cents millions de la Bégum.
De la Terre à la Lune.
Le Docteur Ox.
Les Enfants du capitaine Grant.
Hector Servadac.
L'Ile mystérieuse.
Les Indes-Noires.
Mathias Sandorf.
Le Chemin de France.
Robur le Conquérant.
La Jangada.
Kéraban-le-Têtu.
La Maison à vapeur.
Michel Strogoff.
Le Pays des Fourrures.
Le Tour du monde en 80 jours.
Les Tribulations d'un Chinois en Chine.
Une Ville flottante.
Vingt mille lieues sous les Mers.
Voyage au centre de la Terre.
Le Rayon-Vert.
L'École des Robinsons.
L'Étoile du sud.
L'Archipel en feu.

L'œuvre de Jules Verne est aujourd'hui considérable. La collection des *Voyages extraordinaires*, que l'Académie française a couronnés, se compose déjà de vingt-huit volumes (contenant 39 ouvrages), et tous les ans Jules Verne donne au *Magasin d'Éducation et de Récréation* un roman inédit.

Ces livres de voyage, ces contes d'aventures, ont une originalité propre, une clarté et une vivacité entraînantes. C'est très français.

Claretie.

Découverte de la Terre

3 Volumes in-8°

Les Premiers Explorateurs. — Les Grands Navigateurs du xviii° siècle.
Les Voyageurs du xix° siècle.

J. VERNE et TH. LAVALLÉE. Géographie illustrée de la France, édition revue et corrigée par M. Dubail.

BIBLIOTHÈQUE DES JEUNES FRANÇAIS

Volumes gr. in-16 colombier

ERCKMANN-CHATRIAN. Avant 89 (*illustré*).
BLOCK (M.). *Entretiens familiers sur l'administration de notre pays.*
La France. — Le Département. — La Commune.
Paris, Organisation municipale. — Paris, Institutions administratives. — L'Impôt. — Le Budget.
L'Agriculture. — Le Commerce. — L'Industrie.
Petit Manuel d'Économie pratique.

PONTIS. . . . . Petite Grammaire de la prononciation.
J. MACÉ. . . . . La France avant les Francs (*illustré*).
MAXIME LECOMTE . . . . . La Vocation d'Albert.
TRIGANT GENESTE. . . . . Le Budget communal.

13948. — Imp. r. — Motteroz.

Les Nouveautés sont précédées d'un *

Bibliothèque illustrée de Mademoiselle Lili et de son cousin Lucien.

ALBUMS STAHL

PREMIER ET SECOND AGES. — JEUNES FILLES. — JEUNES GARÇONS

Albums en couleurs, dessins de FRŒLICH, FROMENT, GEOFFROY, TINANT, BECKER, etc.

PRIX : *Cartonnés*, 1 fr.

* LA GUERRE AUTOUR D'UN CERISIER (MÉRY).
LES DEUX FRÈRES DE Mlle LILI.
LE BERGER RAMONEUR.
ROBINSON CRUSOÉ.
TAMBOUR ET TROMPETTE.
LES CHAGRINS DE DICK.
LES ANIMAUX DOMESTIQUES.
UNE MAISON INHABITABLE.
L'HOMME A LA FLUTE.
L'ANE GRIS.
MACHIN ET CHOSE.
DU HAUT EN BAS. — JOHN CABRIOLE.
UN VOYAGE DANS LA NEIGE.
LE PAUVRE ANE. - DON QUICHOTTE
L'APPRENTISSAGE DU SOLDAT.

LA REVANCHE DE CASSANDRE.
UNE DROLE D'ÉCOLE.
LA GUERRE SUR LES TOITS.
ALPHABET MUSICAL de Mlle LILI
UNE CHASSE EXTRAORDINAIRE
LA REVANCHE DE FRANÇOIS.
LES PECHEURS ENNEMIS.
MADEMOISELLE SUZON.
LA LEÇON D'ÉQUITATION.
GULLIVER.
M. DE CRAC.
LA PÊCHE AU TIGRE.
MÉTAMORPHOSES DU PAPILLON.
M. CÉSAR.
LE POMMIER DE ROBERT.
LE CIRQUE A LA MAISON.

CHANSONS ET RONDES DE L'ENFANCE

SUR LE PONT D'AVIGNON.
LA MERE MICHEL.
LA MARMOTTE EN VIE.
NOUS N'IRONS PLUS AU BOIS.
M. DE LA PALISSE.
LE ROI DAGOBERT. — MALBROUGH
GIROFLÉ, GIROFLA.
LA TOUR, PRENDS GARDE.
LA BOULANGÈRE A DES ÉCUS.
IL ÉTAIT UNE BERGÈRE.
CADET ROUSSEL.
AU CLAIR DE LA LUNE.
COMPÈRE GUILLERI.

Albums en noir de 24 à 28 dessins. — **Prix** : *Cartonnés*, 2 fr.; *Toile dorée*, 4 fr.

DESSINS DE FRŒLICH

* La Mère Bontemps.
* Papa en voyage.
Une grande journée de Mlle Lili.
Mlle Lili aux Champs-Elysées.
Mademoiselle Lili à Paris.
Première chasse de Jujules.
Les petits Bergers.
Pierre et Paul.

La Poupée de Mademoiselle Lili.
Mademoiselle Lili en Suisse.
La Journée de Monsieur Jujules.
Les Jumeaux. — La Fête de Papa.
Un drôle de Chien.
La Fête de Mademoiselle Lili.
Le 1er Chien et le 1er Pantalon.
La Crème au Chocolat.

Monsieur Jujules à l'École.
Alphabet de Mademoiselle Lili.
Arithmétique de Mademoiselle Lili.
Cerf-Agile. — Le petit Diable.
L'A perdu de Mademoiselle Babet.
La Grammaire de Mlle Lili (J. MACÉ).
Caprices de Manette (De Chennevières).
La Journée de Mademoiselle Lili.

DESSINS DE FROMENT.

Nouvelles scènes familières.
Nouvelles petites Tragédies.
Scènes familières.

Petites Tragédies.
Le petit Escamoteur.

Le petit Acrobate.
La Boite au Lait.

DESSINS DE G. FATH.

Le Docteur Bilboquet.
La Famille Gringalet.

Gribouille.
Pierrot à l'École.

Les Méfaits de Polichinelle.
Jocrisse et sa Sœur.

BECKER. — Alphabet des Oiseaux.
— Alphabet des Insectes.
DETAILLE. — Les bonnes idées de Mlle Rose.
GEOFFROY. — Proverbes en action. — L'âge de l'École. — 1re Cause de l'Avocat Juliette. — Le Paradis de M. Toto.
GRISET. — Découverte de Londres.
JUNDT. — L'École buissonnière et ses suites.

LALAUZE. — Le Rosier du petit Frère.
E. LAMBERT. — Chiens et Chats.
A. MARIE. — Le petit Tyran.
MATTHIS. — Les deux Sœurs.
MEAULLE. — Robinsons de Fontainebleau.
TH. SCHULER. — Les travaux d'Alsa.
VALTON. — Mon petit Frère.

Albums gr. in-8° de 32 à 100 dessins. — PRIX : *Cartonnés*, 4 fr. 50; *Toile dorée*, 6 fr.

Voyage de Mlle Lili autour du Monde. Dessins de FRŒLICH.
Petites Sœurs et petites Mamans. id.
La Révolte punie. id.
Voyage de Découvertes de Mlle Lili. id.

GRISET. — Aventures de trois vieux Marins. — Métamorphoses de Pierre.
FROMENT. — La chasse au Volant.
CHAM. — L'odyssée de Pataud.
TH. SCHULER. — 1er Livre des petits Enfants.

PETITE BIBLIOTHÈQUE BLANCHE

Volumes gr. in-16 illustrés. — PRIX : *Brochés*, 1 fr. 50; *Cartonnés toile genre aquarelle*, 2 fr.

* ALDRICH — Un écolier américain.
AUSTIN. — Boulotte.
BENTZON. — Yette.
BERTIN (M.). — Les Douze. — Les deux côtés du Mur.
— Voyage au pays des défauts.
BIGNON. — Un singulier petit Homme.
CHERVILLE (DE). — Histoire d'un trop bon Chien.
CRETIN-LEMAIRE. — Le livre de Trotty.
DICKENS (Ch.). — L'Embranchement de Mugby.
DIENY (F.) — La Patrie avant tout.
DUMAS (A.). — La Bouillie de la comtesse Berthe.
DURAND (H.) — Histoire d'une bonne aiguille.
FEUILLET (Octave). — La Vie de Polichinelle.
GENIN (M.). — Un petit Héros — Les Grottes de Plémont.
GENNEVRAYE. — Petit Théâtre de Famille.
LA BEDOLLIÈRE (DE). — La Mère Michel et son Chat.
LEMONNIER. — Bébés et Joujoux.

LEMONNIER. — Histoires de huit Bêtes et d'une Poupée. — Les joujoux parlants.
LERMONT. — Mes Frères et moi.
LOCKROY (S.). — Les Fées de la Famille.
MAYNE-REID. — Exploits des jeunes Boërs.
MULLER. — Récits enfantins.
MUSSET (P. DE). — M. le Vent et Mme la Pluie.
NODIER (Ch.) — Trésor des Fèves et Fleur des Pois.
OURLIAC (E.) — Le prince Coqueluche.
PERRAULT (P.) — Les Lunettes de Grand'Maman. — Les Exploits de Mario.
SAND (George). — Gribouille.
SPARK (E.). — Fabliaux et Paraboles.
STAHL (P.-J.). Les Aventures de Tom Pouce.
— * Le sultan de Tanguik.
STAHL ET WAILLY. — Contes de la tante Judith.
VERNE (J.). — Un hivernage dans les Glaces.

MAGASIN ILLUSTRÉ D'ÉDUCATION ET DE RÉCRÉATION

COURONNÉ PAR L'ACADÉMIE FRANÇAISE

Fondé par P.-J. STAHL en 1864

DIRECTEURS : JULES VERNE, J. HETZEL, JEAN MACÉ

Abonnement d'un an : Paris, **14** fr. ; Départements, **16** fr. ; Union postale, **17** fr.

www.ingramcontent.com/pod-product-compliance
Ingram Content Group UK Ltd.
Pitfield, Milton Keynes, MK11 3LW, UK
UKHW020432180726
13839UKWH00003B/1455

9 782329 562582